CATALOGUE

D'ESTAMPES

ANCIENNES

Pièces de diverses Écoles

PORTRAITS

DESSINS

LA VENTE AURA LIEU

HOTEL DES COMMISSAIRES-PRISEURS

Rue Drouot, n° 5

SALLE N° 3, AU 1er

Les Lundi 13 & Mardi 14 Janvier 1862

À 1 HEURE

Par le ministère de Mᵉ **DELBERGUE-CORMONT**, Cʳᵉ-Priseur,
rue de Provence, 8,
Assisté de M. **ROCHOUX**, Marchand d'Estampes,
quai de l'Horloge, 19,
CHEZ LEQUEL SE DISTRIBUE LE CATALOGUE.

EXPOSITION PUBLIQUE

Le Dimanche 12 Janvier 1862, de 1 heure à 4 heures.

PARIS

RENOU ET MAULDE

IMPRIMEURS DE LA COMPAGNIE DES COMMISSAIRES-PRISEURS
Rue de Rivoli, 144.

1862

CATALOGUE

D'ESTAMPES

ANCIENNES

Pièces de diverses Écoles

PORTRAITS

DESSINS

LA VENTE AURA LIEU

HOTEL DES COMMISSAIRES-PRISEURS

Rue Drouot, nº 5

SALLE Nº 3, AU 1er

Les Lundi 13 & Mardi 14 Janvier 1862

A 1 HEURE

Par le ministère de Mᵉ **DELBERGUE-CORMONT**, Cʳᵒ-Priseur,
rue de Provence, 8,

Assisté de **M. ROCHOUX**, Marchand d'Estampes,
quai de l'Horloge, 19,

CHEZ LEQUEL SE DISTRIBUE LE CATALOGUE.

EXPOSITION PUBLIQUE

Le Dimanche 12 Janvier 1862, de 1 heure à 4 heures.

PARIS

RENOU & MAULDE

IMPRIMEURS DE LA COMPAGNIE DES COMMISSAIRES-PRISEURS

144, rue de Rivoli.

1862

ORDRE DES VACATIONS

LUNDI 13 JANVIER.

Pièces de diverses écoles............	1 à 75
Portraits......................	146 à 288

MARDI 14 JANVIER.

Pièces de diverses écoles............	76 à 145
Portraits......................	289 à 413
Dessins.......................	414 à 422

CONDITIONS DE LA VENTE

Elle sera faite au comptant.

Les Acquéreurs paieront CINQ pour CENT en sus du prix d'adjudication.

DES ESTAMPES

— o —

PIÈCES DE DIVERSES ÉCOLES

1 **Albane** (d'après). Les Quatre Éléments. 4 pièces gravées par Beauvais.

2 **Aldegrever**, 1553. Titus Manlius faisant punir son fils de mort. L'instrument du supplice est une guillotine. B. 72. Belle épr.

3 **Anonymes**. Bethsabé au bain. Charmante pièce à l'eau-forte. Très-belle épr.

4 — Jeux d'enfants. Charmante composition à l'eau-forte.

5 **Aubert** (d'après). La Revendeuse à la toilette, gravée par Duflos. Très-belle épr. avec marges.

6 **Balechou**. Les Quatre parties du jour, d'après Jeaurat. Charmante suite de 4 pièces. Très-belles épr.

7 **Baudouin** (d'après). Le Carquois épuisé. Très-jolie pièce, gravée par N. Delaunay. Très-belle épr.

8 — L'Épouse indiscrète, gravée par N. Delaunay.

9 **Berthault**, 1785. Vue intérieure de Paris, prise du milieu du Pont-Royal, regardant le Pont-Neuf ; — autre représentant le port au Blé, depuis l'extrémité de l'ancien Marché-aux-Veaux jusqu'au pont Notre-Dame ; — autre représentant le port Saint-Paul, prise du quai des Ormes, d'après le chevalier de Lespinasse, 1782. 3 grandes pièces en largeur.

10 **Boissière** (La), 1679. Plan géométral et Vue du Palais-Royal. 2 pièces.

11 **Bolswerd** (A.). Adoration des Bergers, d'après A. Bloemaert. In-fol. en hauteur. Épreuve superbe.

12 — Entrée de Jésus-Christ à Jérusalem. Grande et belle pièce d'après Vinckboons.

13 **Bosse** (Ab.). La Saignée. Très-belle épr. avec l'adresse de Leblond.

14 — Retour de l'Enfant prodigue ; le Peintre ; l'Ordre et disposition du marcher de MM. les Chevaliers (mai 1633), etc. 6 pièces.

15 **Boucher** (d'après). Le Pasteur galant, gravé par Laurent. Epreuve d'eau forte avant le nom du graveur en avant de Huquier et avant le titre. *Très-rare en cet état.* — La même, terminée avec la lettre.

16 — Femme nue couchée. Jolie pièce. Très-belle épr. avant toute lettre.

17 — Femme nue, à demi-couchée, gravée par Nochez. Très-belle épr. avec marges.

18 — Le Trait dangereux. Charmante pièce gravée par Poletnich. Très-belle épr. avec marges.

19 — Jeune femme nue, assise, penchée vers la gauche, gravée par Ét. Fessard. Très-belle épr. avec
marges.

20 — La Courtisane amoureuse, gravée par Larmessin. Très-belle épr.

21 — Naissance d'Adonis, gravée par Scotin. Très-
belle épr. avec marges.

22 — Vénus sur les eaux, grande et belle composition, gravée par Moitte. Très-belle épr.

23 — Fête de Bacchus ; le Feu. Deux jolies compositions d'enfants.

24 — L'agréable solitude ; la Caravane ; la Fontaine ;
Vertumne et Pomone ; le Moineau apprivoisé, etc.
13 pièces.

25 **Boyvin** (RÉNÉ). L'Ignorance vaincue , d'après
maître Roux. R. D. 16. — Danse de Nymphes,
d'après le même, n° 74, 1er état. 2 pièces.

26 **Brebiette**. Jolies compositions , en forme de
frises, à l'eau-forte. 24 pièces.

27 **Brissart** (PIERRE). Vue et perspective du château de Vincennes du côté de l'entrée du parc ;
plan du même château et petit parc, par Is. Silvestre. 2 pièces.

28 **Bruyn** (N. DE). David tuant Goliath ; Adoration
des Rois ; la Reine de Saba, etc. 6 grandes et
belles pièces.

29 **Callot** (J.). Vie de la Vierge, M. 76-89. Suite de
14 pièces. Très-belles épr. du 1er état.
On y a joint l'Annonciation n° 71. *Rare*.

30 — Martyre de saint Sébastien. M. 137. 1er état.

31 — Le titre aux astrologues. M. 203.

32 — Claude Dervet. M. 505. Louis de Lorraine, prince de Phalsbourg. M. 508. 2 pièces.

33 — Vue du Louvre, vue du Pont-Neuf, de la Tour et de l'ancienne porte de Nesle. M. 713 714. Épreuves avec la marge du bas réduite, mais que nous croyons un état *non décrit* par M. Meaume avant la retouche.

34 — Tentation de saint Antoine. Belle épreuve mal conservée ; saint Nicolas ou saint Severin ; Benedicite ; Pénitents et Pénitentes ; Paysages, etc. 74 pièces.

35 **Callot** (faussement attribué à). Martyre de saint Laurent. M. 1000. Belle épr. du 2ᵉ état.

36 **Challe** M. A. (d'après). Jupiter et Léda, gravé par Tilliard. Belle épr.

37 **Chardin** (d'après). La Rôtisseuse, 2 planches différentes ; la Pourvoyeuse, la Gouvernante, la Mère laborieuse. 5 pièces.

38 **Choffard**. Vue de la ville d'Orléans, d'après Desfriches. Épr. d'eau-forte avant toute lettre. — La même avec la lettre.

39 **Daven** (Léon). École de Fontainebleau. Les Apôtres regardant le Sauveur et la Sainte-Vierge qui se trouvent l'un et l'autre dans une gloire d'anges. Grande pièce en quatre morceaux, d'après Jules Romain. B. 6-9.

40 — Le corps de Patrocle emporté pendant le combat entre les Grecs et les Troyens, d'après Jules Romain. B. 15.

41 — Dessin d'une grotte avec trois portes. B. 69.

42 **Delaulne** (Étienne). Léda. Jolie pièce. In-4º. *Rare.*

43 Enlèvement d'Hélène, les trois Grâces, la Cassette
d'Homère, et autres pièces, d'après Marc-Antoine ;
figures de l'Ancien-Testament, etc. 74 pièces.

44 **Demarteau**. Nymphes couchées près d'une
fontaine ; Berger jouant de la flûte près d'une
jeune fille à demi-couchée. 2 jolies pièces, d'après
Boucher, à plusieurs crayons.

45 — Nymphe couchée. Elle porte un bracelet à chaque bras. D'après Boucher. Charmante pièce à
plusieurs crayons. *Rare.*

46 — Ninette (Mme Favart , d'après Boucher. Jolie
pièce à la sanguine.

47 — Vénus tenant une rose. Jolie pièce à la sanguine.

48 — Les Plaisirs innocents , les Œufs cassés , la
Peinture, Jeune Fille arrosant des fleurs, compositions d'enfants, Jeune Femme ayant près d'elle un
enfant et un chien, Jeunes Blanchisseuses. 7 jolies
pièces, d'après Boucher, à la sanguine.

49 — Têtes, bustes de jeunes femmes, jeune paysanne
conduisant un âne chargé, femme à demi-nue
dormant, etc. 17 pièces, d'après Boucher, à la
sanguine.

50 — Jeune femme en buste avec rose au corsage,
d'après Huet, à plusieurs crayons ; urne funéraire
dédiée par J.-F. Chereau à sa femme et à ses enfants, gravé par Lucien, d'après A. Kauffmann, à
la sanguine. 2 pièces.

51 **Deschamps** (FRANÇOISE), 1758. Mendiante portant un enfant, d'après Greuze. Jolie petite pièce
à l'eau-forte. *Rare.*

52 **Descourtis**. Deux jolis portraits de femmes dans des ovales. In-fol en hauteur. En couleur avant la lettre.

53 **Deson** *ex* (N.). Maisons d'habitation à gauche bordant une route ; en avant, vers la droite, groupe composé de trois femmes et d'un jeune homme ; derrière, venant de la droite, paysan portant une lanterne. Jolie petite pièce. Très-belle épr.

54 **Dieterlin**. Ornements. 45 pièces.

55 **Divers**. Vignettes d'après Eisen et autres. 130 pièces.

56 — Ornements d'après Gillot, Meissonnier, Oppenord, etc. 6 belles pièces.

57 — Trophées, cartouches, mascarons, etc. 92 pièces. *Ce numéro pourra être divisé.*

58 — Les Amours en gaîté, gravé par Daullé, d'après Boucher ; Vertumne et Pomone, d'après Courtin ; la Jeunesse, d'après Lancret ; la Toilette, d'après Baudouin ; le Souffleur, d'après Chardin, etc.

59 — Le Modèle honnête ; la Sentinelle en défaut, d'après Baudouin ; les Forges de Vulcain ; Bacchanale, d'après Pierre ; l'Escarpolette, le Printemps, d'après Watteau ; Vite, cachez ces appas tendres et doux, d'après N.-N. Coypel, etc. 15 pièces.

60 — Bacchanales, par Lafage ; Jeux d'enfants, par Parizeau ; suite de 12 vignettes coloriées pour les mois de l'année, représentant la Bouquetière du Palais-Royal ; le Retour du bal ; les Eaux de Passy, etc. 24 pièces.

61 — Adoration des Bergers, par Denon, d'après
Maës; l'Ange disparaissant aux yeux de Tobie,
d'apr. Rembrandt; la Brouette par terre, par Varin,
d'après Schenau; le Peintre d'enseigne; l'Amour
assortit les Bergers, d'après Eisen, etc. 26 pièces.

62 — Les Plaisirs du bal, d'après Watteau, gravé
par Scotin; le Mouton favori, d'après Eisen; le
Contrat de mariage, d'après C. Vanloo; la Leçon
inutile, d'après Leprince; la Cathédrale de Strasbourg, par Seupel, etc. 33 pièces.

63 — Triomphe de David, gravé par Ravenet, d'après
Poussin; Enlèvement des Sabines, par J. Audran;
Martyre de saint Étienne, d'ap. Lebrun, etc. 7 pièces.

64 — Pont rustique, la Chûte d'eau, par Weirotter;
la Nuit, par Loutherbourg; le Retour de l'Enfant
prodigue, par de Waël; Enlèvement d'Europe,
par C. Schut; Paysages, par Everdingen; Combat
de chiens, etc. 23 pièces à l'eau-forte.

65 — Flore, par J. Sandrart, d'après le Titien;
Joueur de flûte, par L. Vorstermann, d'après
O. Vorstermann; Vase de fleurs, par N. de Bruyn;
Prière à Vénus, d'après Netscher; Jugement de
Pâris, d'après L. Giordano, etc. 12 pièces.

66 — Figures de Loutherbourg, 3 pièces; Vertumne
et Pomone, par B. Picart; le Génie du dessin,
d'après Cochin; le Vaisseau foudroyé, d'après
J. Vernet, etc. 31 pièces.

67 — Figures de femmes pour l'Ancien-Testament,
par J. Amman; saint Jean, d'après Lucas de
Leyde; saint Sébald; Judith mettant la tête d'Ho-
lopherne dans un sac, par Beham, etc. 29 pièces.

68 **Dolendo** (Z.) et **J. de Ghein**. Passion de
Jésus-Christ, d'après K. Van Mandère. 13 pièces.
Très-belles épr.

69 — Confusio Babylonica, d'après K. Mandère.
Grande et belle pièce.

70 **Drebbel** (C.). Les Arts libéraux, d'après Goltzius. 1-7. Très-belles épr.

71 **Durer** (A.). Albert de Mayence, vu de face.
B. 102. *Copie très-trompeuse.*

72 **Eisen** (C.). L'Accord du mariage. Charmante pièce
gravée par Gaillard. Superbe épreuve avec marges.

73 **Falck** (J.). Chasseur apportant un lièvre, d'après
le Tintoret; Forgerons, d'après M.-Ange de Caravage; Roi tenant un sceptre; Roi repoussé par un
ange; Dies, d'après Sandrart. 5 pièces. *Ce numéro
pourra être divisé.*

74 **Frey** (J.-M.) et **Grossmann**. Scènes de Joueurs
et Buveurs. 5 pièces à l'eau-forte.

75 **Gautier-Dagoty**. Figures d'enfants, d'après le
Corrége. 1 pièce en couleur.

76 **Gheyn** (J. DE), 1587. Un bouclier; dans le rond
du milieu, Neptune, et, autour, des Tritons et des
Néréides. Belle pièce de forme ronde.

77 — Titre. Dans le haut, figure de Moïse. Très-belle
épr. du 1er état.

78 **Gillot**. Jolies petites compositions pour des fables. 112 pièces à deux sur la même feuille; plus,
en tête, 2 pièces portant pour titre : La Fontaine
d'or; Préface; les nos 100 à 112 sont avant les
titres. Charmante suite, exécutée à l'eau-forte.
Format in-8°.

79 **Goltzius** (H.). Mars et Vénus surpris par les
Dieux de l'Olympe. Épreuve superbe ; elle a légè-
rement souffert.

80 — Officier porte-drapeau. Belle épr.

81 **Greuze** (d'après). La Jeune Tricoteuse endormie.
Charmante pièce gravée par Cl. Donat-Jardinier.
Très-belle épr. avec marges.

82 — Jeune Fille pleurant son oiseau mort. Jolie
pièce gravée par Flipart. Très-belle épr. avec
l'adresse de Greuze.

83 **H. E** (maître au monogramme avec trait rappro-
chant ces deux lettres surmontées d'un F). *Becca-
fumi?* Les Vendangeurs. B. 5. Belle pièce.

84 **Heimlich**. Petits paysages, en hauteur, à l'eau-
forte. Suite de 6 pièces.

85 **Mutin** (C.). Fontaine, tombeaux et compositions
religieuses. 15 pièces à l'eau-forte.

86 **Hoef** *ex.* Fleurs, fruits, papillons, insectes, etc.
51 pièces.

87 **Israël** *ex.* Vues et Paysages. 23 pièces.

88 **Janinet**. Le Culte systématique ; Bacchus pré-
side à la fête. 2 bacchanales, d'après Carême, en
couleur.

89 **J. G.** (maître au monogramme). L'Étable de
Bethléem. R. D. 2. Dans l'intérieur d'un édifice en
ruines on voit, au bas de la droite, la Vierge ado-
rant l'Enfant-Jésus, et, à droite, saint Joseph près
du bœuf et de l'âne. Pièce de forme ronde. *Rare.*
Très-belle épr.

90 **Kilian** (LUCAS). Sainte Famille avec l'Enfant-Jésus et saint Jean, d'après Corn. Cornelio ; Hercule
et Antée, d'apr. Spranger. 2 pièces. Très-belles épr.

91 **Lautensack** (Hans). Jérôme Schurstab. In-fol.
en largeur. Portrait d'homme. In-fol. en hauteur.
2 pièces.

92 **Lebas**. Vues de l'île Barbe, près de Lyon, d'après
Olivier. 2 grandes pièces Très-belles épr. avant la
lettre.

93 **Lebrun** (C.) *ex.*, 1666. Triomphe de Maxence.
Grande pièce en quatre feuilles non réunies.

94 **Leclerc** (Séb.). Représentation des machines
qui ont servi à élever les deux grandes pierres qui
couvrent le fronton de la principale entrée du
Louvre. Arc-de-triomphe de Louis XIV à la porte
Saint-Antoine. 2 pièces.

95 **Lepautre**. Quarts de plafonds à la Romaine
6 pièces avec l'adresse de *Mariette*.

96 — Chaires de prédicateurs. 6 pièces avec l'adresse
de *Mariette*.

97 — Quatre grands vases.

98 — Six vases avec l'adresse de *Mariette*.

99 — Ornements pour embellir les chapiteaux, frises,
corniches. 6 pièces avec l'adresse de *Mariette*.

100 — Plafonds, frises, chaires, sujets mythologi-
ques, etc. 86 pièces.

101 **Lepautre** (manière de). Vases. A deux sur la
même feuille. 4 pièces.

102 **Leprince**. Les soldats, le pont russe, deux
têtes, eaux-fortes de Saint Non, d'après Boucher,
Leprince, Greuze, Robert, en tout 13 pièces.

103 **Levasseur** (C.). Le Satyre amoureux, d'après
Mettay. Très-belle épr.

104 Leybold (J.-F.), 1780. La Malicieuse, d'après
***, de l'École française. Jolie pièce in-fol. en
hauteur. Très-belle épr.

105 Loutherbourg. Les quatre Parties du jour.
4 jolies pièces à l'eau-forte.

106 Manglard (A.). Adoration des bergers. La
Vierge est debout vers le milieu de la composition,
soulevant une draperie qui couvrait l'Enfant Jésus
couché. Saint Joseph est assis à droite, appuyé
sur un bâton; au-dessous de lui, un berger age-
nouillé, ayant devant lui une corbeille contenant
des présents apportés en hommage; à gauche,
groupe de neuf figures; dans le haut, groupe de
quatre anges; et un peu au-dessous d'eux, vers la
gauche, deux figures regardant la scène. Dans la
marge du bas, au-dessous du trait carré, à droite,
on lit : *Jacobus Billy formis Romæ.* Hauteur,
355 millim.; largeur, 310 millim. A l'eau-forte.
Pièce non décrite par M. R. Dumenil. Rare.

107 Marin (L.), 1774. Jeune fille assise; autre ver-
sant le contenu d'une tasse dans une soucoupe.
2 jolies pièces à plusieurs crayons, dans des enca-
drements ovales, avec rehauts d'or.

108 — 1775. Les deux Musiciennes, d'après Raoux;
à plusieurs crayons, dans un encadrement, avec
rehauts d'or. Jolie pièce.

109 Marot (J.), 1676. Face principale du Louvre;
plan et élévation de la façade du côté de la rivière;
plan et élévation du côté du Louvre vers la rivière;
vue de la cour, à gauche, en entrant. 1678.
3 grandes pièces. Plan du château de Madrid,
1676, et élévation, 1676. En tout, 5 pièces.

110 **Matham** (J.). Les sept Vertus, d'après Goltzius (117-123). 7 pièces, très belles épr.

111 **Meldolla**. Saint Paul debout, dirigé à gauche, la tête tournée vers la droite, tenant de la main droite la poignée d'une épée dont la pointe est en bas ; saint Thomas, de profil, tourné à gauche, tenant de la main droite un livre appuyé sur sa poitrine, et de l'autre main le bois d'une lance. 2 pièces *non décrites* par Bartsch. *Très-rares.*

112 **Merian** (M.). Châlon, Faubourg de Châlon. 2 pièces. *Rares.*

113 **Monnet**. Figures pour les Aventures de Télémaque, gravées par Tilliard. 47 pièces, y compris les titres en un recueil cartonné, petit in-fol.

114 **Ozanne**. Vue de la façade du Louvre du côté de Saint-Germain-l'Auxerrois, représentant la reprise des travaux en 1756 et l'aspect de la place à la même époque. In-fol. en largeur. *Rare.*

115 **Pesne** (Jean). Le Christ mort étendu près du sépulcre. R. D. 18. 5e état.

116 — Le Baptême. R. 20. La Pénitence (22). L'Extrême-Onction (24). L'Ordre (25). 4 pièces, d'ap. N. Poussin. 3e état.

117 **Pierre**. Adoration des bergers. *Baudicour*, 1. Annette à l'âge de quinze ans, par Godefeoy, d'après Fragonard 2 pièces.

118 — Le Marché de village. *Baudicour* (30). Très-jolie pièce à l'eau-forte ; il existe un petit raccommodage à droite

119 **Pitteri** (Marc). Beau portrait de femme en buste. In-fol. Belle épr.

120 **Poilly** (François de). Vue d'une partie de la ville de Lyon, dessinée dans la maison de MM. les chanoines réguliers de Saint-Antoine, d'après François Cléric. Grande pièce en quatre feuilles non réu·nies.

121 **Poilly** (Jean-Baptiste de). Les Quatre Saisons, d'après Mignard. 4 grandes pièces.

122 **Ravenne** (Marc de). Bataille. B. 420. Combat des Amazones, par N. Beatrizet (98). Enlèvement d'Hélène, anonyme. 3 pièces.

123 **Reclam** (S.). Joli paysage à l'eau-forte, d'après Boucher. On voit une laveuse sur le devant.

124 **Robert** (Hubert). Le Temple antique. *Baudicour* (5). L'Arc-de-Triomphe (8). 2 jolies pièces à l'eau-forte.

125 **Rodermont**. Jean Second, poëte. Très-belle épr. collée sur un papier mince. La marge du bas est coupée.

126 **Rubens** (P.-P.) *invenit*. Jeune garçon allumant sa chandelle à celle d'une vieille femme.

127 **Sadeler** (Jean). *Sicut autem erat in diebus Noe; — Ita erit et adventus filii hominis.* 2 belles pièces d'après Théodore Bernard. Très-belles épr. collées en plein.

128 **Saint-Aubin** (Augustin). Léda, d'après Véronèse. Charmante pièce. Superbe épr. avant la dédicace.

129 **Saint-Aubin** (Gabriel de). On ne s'avise jamais de tout. *Baudicour* (41). Très-jolie pièce avec le titre dans le haut, mais avant *Gabriel de Saint-Aubin* dans la marge du bas, ce qui serait un *2ᵉ état non décrit. Rare.* Très-belle épr.

130 **Saint-Non**. Bacchantes dans un paysage, d'ap. Boucher. Jolie pièce à la manière du lavis. *Rare.*

131 **Silvestre** (Is.), 1666. Vue du château-neuf de Saint-Germain-en-Laye ; — plan en 1667 ; — plan des châteaux vieux et neuf ; château de Chambord, 1676, en 2 feuilles. En tout, 4 pièces.

132 — 1667. Vue de la cour du Cheval-Blanc de Fontainebleau ; — plan du même château, — et plan général du même château et des environs en 1682, par Dorbay. 3 pièces.

133 — 1668. Vue du palais des Thuileries du côté du jardin ; autre du côté de l'entrée, 1669. 2 grandes et belles pièces en 2 feuilles chacune.

134 — 1670. Vue du palais et jardin des Thuileries ; Vue des jardins du côté du Cours-la-Reine ; plans du palais et jardins. En tout, 5 pièces.

135 — 1673. Plan relevé du château, jardin et parc de Monceaux ; Vue du château, 1679 ; du même, du côté du parc, 1680. 3 grandes pièces.

136 **Silvestre** (par et d'après). Château de Fléville, de Chilly, de Rincy, d'Ansy-le-Franc, etc.

137 **Théodore**. Paysages d'après Francisque Millet. R. D. 7, 8, 11, 1er état. 13, 2e état. 15, 17, 18, 20, 23. 1er état, et 25. 10 pièces.

138 **Titien** (d'après). Vénus et l'Amour. 1 pièce imprimée en couleur dans la manière de Gautier Dagoty.

139 **Vanloo** (d'après). La Peinture, la Sculpture, l'Architecture et la Musique. 4 jolies pièces gravées par Ét. Fessard. Très-belles épr.

140 **Veen** (Gisbert Van). Apollon et les quatre Saisons, précédés d'un Amour portant une corbeille de fleurs, d'après Raphaël. Belle épr.

141 **Vorstermann** (L.). Pèlerin et pèlerine en adoration devant la Vierge et l'Enfant Jésus, d'après Michel-Ange de Caravage. Très-belle épr.

142 **Watteau** (d'après). Le Concert champêtre, gravé par B. Audran. Belle épr.

143 — Les Plaisirs de la jeunesse : *Iris, c'est de bonne heure avoir l'air à la danse.* A Paris, chez Duflos. Jolie petite pièce, in-4.

144 **Weirotter**. Paysages, Marines, à l'eau-forte. 84 pièces. — D'après lui. 3 pièces. Anciennes et belles épr.

145 **Weisbrod**. Têtes de différents caractères, d'ap. Greuze. 7 pièces, y compris le titre. Très-belles épr.

PORTRAITS

146 **Amman** (Jost.). Gaspard de Coligny, beau portrait avec entourage ornementé. Au bas, scènes des massacres de la Saint-Barthélemy. In-fol. *Rare.* Très-belle épr.

47 **Anonymes**, XVIᵉ siècle. Michel-Ange Buonarotti vu de profil, dirigé vers la droite. In-4. *Rare.* Belle épr. Il existe un petit raccommodage dans le vêtement du personnage et de petites restaurations sans importance dans le fond.

Ce beau portrait a été décrit par M. Guichardot dans le Catalogue de la vente de M. Ch. de F ... en décembre 1850.

148 — **Un** du xvie siècle. Henri de Lorraine, duc de Guise, dans un médaillon ovale, avec ornements dans les coins. In-8.

149 — Henri de Lorraine, marquis du Pont; dans un ovale renfermé dans un cartouche ornementé, In-4. Belle épr.

150 — Ranutius Farnèse, duc de Plaisance et de Parme Médaillon ovale avec entourage de trophées et figures allégoriques. Beau portrait, in-fol.

151 — Francesco Boromino, célèbre architecte. In-fol. Belle épr.

152 **Aubert**. Lamoignon de Malesherbes, d'après Valade. Épr. avant toute lettre.

153 **Aubry** (Pierre). Melchior de l'Isle, conseiller du roi. Grand in-4. Belle épr.

154 **Audran** (B.). Jean-Baptiste Colbert, d'après Cl. Lefebvre. In-fol. Très-belle épr.

155 **Audran** (K.). Claude de Mesmes, comte d'Avaux. In-fol. Belle épr.

156 **Balechou**. La Duchesse de Châteauroux sous la figure de la Force, d'après Nattier. In-fol.

157 — Le Père Porée, de la Société de Jésus, d'après Neilson. Petit in-fol. Très-belle épr.

158 **Bartolozzi**. Caroline, princesse de Galles; avec la princesse Charlotte, d'après R. Cosway. En couleur.

159 — Maria Cosway, d'après R. Cosway. Joli portrait in-4, en couleur.

160 **Beauvarlet**. Le Berthon, premier président au parlement de Bordeaux. In-fol. Superbe épr. avant la lettre.

161 — Duc de Bourgogne, d'après Fredou. Charmant petit portrait in-8. Très-belle épr.

162 — Molière, d'après J. Bourdon. In-fol. Belle épr.

163 — Perussault, jésuite, confesseur du roi, d'après Dachon. In-fol. Très-belle épr.

164 **Bloteling**. J. Léger, pasteur vaudois. Grand in-4. Très belle épr. avant toute lettre.

165 **Bosse** (Attribué à). Portrait d'homme dans un médaillon ovale, avec encadrement architectural. On croit que c'est le portrait de Francini, ingénieur du roi Louis XIII. In-fol.

166 **Boulanger**. René de Ceriziers, prêtre. In-4. Très-belle épr.

167 **Bruggen** (Jean Van der), 1682. Mme de Cimay ; Mme Osorio de Vilasco, d'après Largillière. 2 portraits in-fol. à la manière noire.

168 **Brunand** (Michel), 1595. Henri IV. Il est représenté en pied, revêtu d'une armure, coiffé d'un chapeau rond avec panache sur le devant. Il est tourné vers la gauche, la main droite appuyée sur une console où l'on voit son casque, au-dessus duquel se trouve l'écusson royal. Vers le milieu du haut on lit : Henry IIII, roi de France et de Navarre. Dans une tablette, au bas :

> Peuple voys de Henry la naïve peinture,
> De ce Henry le Grand, ton légitime roy,
> L'appuy des bons Français, et des meschants l'effroy,
> De la terre l'espoir, du ciel la chère cure.

Et au-dessous, dans une petite tablette :

> *Faict à Lyon par Michel Brunand en la rue Mercière 1595.*

Hauteur, 425 millim.; largeur, 313 millim., y compris une bordure formant encadrement.

Ce portrait est gravé sur bois ; c'est un de ceux qui représentent le mieux la physionomie de Henri IV. *Il est excessivement rare.*

Dans les plis d'un rideau, en haut, à droite, il y a un morceau refait à la plume.

169 **Caraglio**. Pierre Arétin, d'après le Titien. In-4.
Belle épr.

170 **Cardon**. Louise-Pauline-Angélique Cosway à
l'âge de cinq ans, d'après R. Cosway. Charmante
pièce en couleur.

171 **Château** (G.). Jean-Baptiste Colbert. In-4. Belle
épreuve.

172 **Chereau** (F.). Louis-Antoine de Pardaillan de
Gondrin, duc d'Antin, d'après Rigaud. In-fol.
Belle épr.

173 **Chereau** le jeune. Mme de Sabran tenant un
oiseau sur les doigts, d'après Vanloo. In-fol. Très-
belle épreuve.

174 **Chevillet**. Jean-Baptiste-Siméon Chardin, d'ap.
lui-même. In fol. Belle épr.

175 — 1762. Jean-Louis Jordan, d'après Falbe. In-
fol. Belle épreuve.

176 **Coclers** (L.-B.). J. Jansons, peintre. Joli portrait à l'eau-forte. Épr. avant la lettre.

177 **Cossin** (L.). Valentin Conrart, de l'Académie
française, d'après C. Lefebvre. In-fol. Belle épr.

178 — Jacques de Soleysel, écuyer du roi. Grand in-4.
Épr. avant la lettre.

179 **Daullé** (J.). 1747. Jean Mariette, graveur et li-
braire, d'après Ant. Pesne, 1723. In-fol. *rare.*
Très-belle épr.

180 — Louis-Philippe d'Orléans, duc de Chartres, né
à Versailles le 12 mai 1725, d'après Belle. In-fol.
Très-belle épr.

181 **Divers**. Marie-Antoinette, gravée par Avril; par
Curtis; autre à la manière noire. 3 pièces.

182 — Largillière, Nicole, Voltaire, Hérault, lieute-
nant-général de police. 4 portraits avant la lettre.

183 — Renaud, cardinal d'Este, par G. Huret ; Bernis.
par Cunego ; Peirèsc, de Longueil, par Mellan ;
Antoine, cardinal Barberin, par Vouillemont ; cardinal de Bouillon, par Preisler, etc. 15 pièces.

184 — Dubellay, prince d'Ivetot, par J. Picart ; Soleysel, Philippe Dufour, par Hainzelmann ; Ch.-Fr.
Poerson ; Antoine Houdart de la Motte, par N.
Edelinck ; Pellerin. par Aug. Saint-Aubin ; An-
guier, Vleughels. 8 pièces.

185 — Calvin, Jean Hus, Clément Marot, par R. Boyvin, Granthomme, etc.

186 — Jacques-Auguste de Thou, par R. Lochon,
d'après Dumoustier ; Charlotte de Harlay, par
Grignon ; G.-F. Hœndel, par W. Bromley, d'après
Hudson. 3 pièces.

187 — Gustave-Adolphe, par Lucas Kilian ; J. Stra-
dan, par J. Wierix ; Ferdinand Magellan ; le sultan
Mahomet II, par Crispin de Pas ; Hippolyte Gonzague, fille de Ferdinand ; Charles-Louis, comte palatin, par S. Bernard, d'après Van Dyck, etc.

188 — Duc de Beaufort ; duc de Mayenne ; Bassom-
pierre ; Michel et Louis de Marillac, etc., par Montcornet et autres. 14 portraits in-4.

189 — Henri IV, par Crispin de Pas. 2 différents ; par
L. Gaultier ; d'après Goltzius, petit portrait ovale
où le roi est coiffé d'un chapeau rond à larges
bords ; le duc de Joyeuse ; ie duc d'Épernon, par
L. Gaultier ; etc.

190 — Marie-Charles-Louis d'Albert, duc de Luynes,
gravé par Ingouf, d'après Guillet; de Sartine, par
Miger; chancelier Maupeou; Lenoir, par Chevillet,
d'après Greuze; Picou, par François Chereau, d'a-
près Rigaud; Mme Duclos, par Desplaces, d'après
Largillière; Moreau de Maupertuis, par Daullé,
d'après Tournière, etc. *Ce numéro pourra être divisé.*

191 — Puget de la Serre, gravé par Lucas Vorster-
mann; H. de Cloug, par Khol; Blondet, par H.
Ulrich; Pierre Jeannin, par Swanenburg; Albert
Muret; Joseph Clément, archevêque de Cologne;
J.-J. Boissard; J. Richardot, sieur de Barly; etc.
81 portraits. *Ce numéro sera divisé.*

192 — Le Père Lacordaire. Superbe épr. avant la lettre. Papier de Chine.

193 **Dossier** (M.). Mme La Ravoye (sujet de Vertumne
et Pomone), d'après Rigaud. In-fol. Belle épreuve.

194 **Drevet** (Claude). Philippe-Louis, comte de Sin-
zendorf, d'après Rigaud In-fol. Épreuve superbe.

195 — Ch.-Gasp.-Guill. de Vintimille, archevêque de
Paris, d'après Rigaud. In-fol. Belle épreuve.

196 **Drevet** (P.). Samuel Bernard, célèbre banquier,
d'ap. Rigaud. Beau portrait, grand in-fol. Très-
belle épreuve.

197 — Jean-Paul Bignon, abbé de Saint-Quentin,
d'ap. Rigaud. In-fol. Très-belle épreuve.

198 — 1706. Nicolas Boileau, assis, tourné vers la
gauche et regardant à droite, d'après Rigaud.
In-fol.

199 — Nicolas Boileau, d'après Detroy. In-4. Belle épreuve.

200 — Louis-Alex. de Bourbon, comte de Toulouse, d'ap. Rigaud. Superbe épr. du premier.état.

201 — Louis-Henri de Bourbon, prince de Condé, d'ap. Gober. In-fol. Très-belle ép.

202 — Marie Cadesne, femme de M. Desjardins. d'ap. Rigaud. In-fol. Très-belle ép.

203 — Robert de Cotte, architecte, d'ap. Rigaud. In-fol.

204 — Philippe de Courcillon, marquis de Dangeau, d'ap. Rigaud. In-fol. Belle ép.

205 — Pierre-Nolasque Couvay, d'après Tournière. In-fol. Très-belle ép.

206 — Léonard Delamet, d'ap. Rigaud. In-fol. Très-belle ép.

207 — Fénelon, d'ap. Vivien. Petit in-fol. Très-belle épreuve.

208 — Hélène Lambert, femme de François-Marie de Motteville, premier président en la chambre des comptes de Normandie, d'ap. Largillière. In-fol. Très-belle ép.

209 — Marie de Laubespine, femme de Nicolas Lambert, d'ap. Largillière. In-fol. Belle ép.

210 — Jean Le Blais du Quesné, baron de Crepou, conseiller d'État. In fol. Très-belle ép.

211 — Claude Leblanc, secrétaire d'État de la guerre, d'ap. Le Prieur. Grand in-4. Très-belle ép.

212 — Léopold Ier, duc de Lorraine et de Bar, d'ap. N. Dupuy. Grand in-fol.

213 — Louis, dauphin de France, d'ap. Rigaud. In-fol. Très-belle ép.

214 — Louis XV enfant, guidé par Minerve, d'ap. Coypel. In-fol. Très-belle ép.

215 — François de Mailly, cardinal-archevêque, duc de Reims, d'après Vanloo. In-fol. Belle ép.

216 — Mitantier, greffier de l'hôtel de ville de Paris, d'après Largillière. In-fol. Très-belle ép.

217 — Louis, duc d'Orléans, d'ap. C. Coypel. In-4. Épreuve superbe, *avant l'inscription dans la tablette.*

218 — Armand-Gaston de Rohan, cardinal, évêque de Strasbourg, d'ap. Rigaud. In-fol. Très-belle épreuve.

219 **Edelinck.** Pierre de Carcavy, garde de la bibliothèque du roi. R. D. 163.

220 — Charles D'hozier. R. D. 184. In-fol. Belle épreuve.

221 — Furetière, de l'Académie française. R. D. 209. In-fol. Ép. superbe.

222 — Louis XIV. R. D. 255, premier état.

223 — Hyacinthe Rigaud, peintre, d'après lui-même. R. D. 303. In-fol. Très-belle ép. du deuxième état.

224 **Falck.** Pierre Brahé, comte de Wisensborg. In-fol. Belle épreuve.

225 — Charles-Gustave, roi de Suède. Beau portrait in-fol. Très-belle épreuve.

226 — Charles-Gustave, comte palatin du Rhin, d'ap. D. Beck. In-fol. Belle épreuve.

227 — Louis XIII, roi de France, d'ap. Juste d'Egmont. Beau portrait in-fol. Très-belle épreuve.

228 — Oxenstiern, d'après D. Beck. Petit in-fol.

229 — Leonhardo Torstenston, d'ap. D. Beck. Petit in-fol. Très-belle ép.

230 — Le même.

231 **Ferdinand** (L.). Nicolas Poussin, de profil. tourné à gauche. Au bas, à gauche, on lit : *V. E. pinxit. L. Ferdinand fecit.* Et à droite : *P. Ferdinand excudit cum privilegio Reg.* Beau portrait in-fol. Épreuve superbe.

232 **Fiquet.** Louis Chaubert, abbé de Sainte-Geneviève de Paris, d'après Barère. In-fol. Très-belle épreuve.

233 **Gaillard** (R.). François Castanier, d'après Rigaud. In-fol. Belle ép.

234 — 1753. Joseph Languet, archevêque de Sens, d'ap. Chevallier. In-fol. Très-belle ép.

235 **Galle** (C.). Saint Charles Borromée, archevêque de Milan. In-fol. Très-belle ép.

236 **Gamot** (J.). Charles Lerouge, docteur de la Faculté de Paris, syndic. In-fol. Très-belle épreuve.

237 **Gantrel** (Ét.). Amable de Bourzeis, abbé de Saint Martin de Cores. In-4. Très-belle ép.

238 **Gaucher.** Marie-Antoinette ; Joseph II, d'après Moreau jeune. Deux charmants portraits, in-8. Très-belles ép. avant le texte.

239 — 1770. Louis-Auguste, dauphin de France. Charmant portrait, petit in-4, d'ap. Gautier. Première ép. avec *l'adresse du graveur.*

240 **Gaultier** (Léonard). Henri d'Orléans , duc de Longueville. Charmant portrait, in-4. Très-belle épreuve.

241 — (Manière de). André Thevet, géographe, abbé et aumônier de la reine Catherine de Médicis. In-4. Très-belle épreuve.

242 **Gheyn** (J. de). Gorlœus, orfèvre. Joli portrait, in 4.

243 **Granthomme** (J.). Marie de Médicis, reine de France. In-4. Belle ép.

244 — Horat. Augenius, théologien, philosophe et médecin. Joli portr., in-8.

245 **Granthomme** (manière de). Christine de Lorraine, grande duchesse d'Étrurie. Charmant portrait, petit in-4. *Rare*. Très-belle épr.

246 **Greuter** (M.). 1593. Philippe, comte de Hanau. *Rare*. In fol. Très-belle épr.

247 **Haid** (J.-J.). Charles-Claude Dubut, sculpteur du roi de Pologne, d'après Ant. Pesne. In-fol., à la manière noire.

248 **Heyde** (J. de). 1606. Marguerite Gonzague de Mantoue, épouse de Henri, duc de Lorraine et de Bav. In-4. Très-belle ép.

249 — Gustave Horn. Joli portr., in-4.

250 — Cardinal de Richelieu ; — le même personnage, par W. Kilian. Deux jolis portr., petit in-4.

251 **Hogenberg** (Jean). Théodore de Bèze, dans un médaillon ovale, avec figure allégorique à chaque coin ; au bas, la planche accessoire contenant des vers à la louange du personnage. Grand in-4. *Rare*. Belle épreuve.

252 **Holsteyn**. Lucrèce Borgia, d'ap. le Titien. In-fol. Très-belle épr.

253 **Iode** (Pierre de). Philippe IV, roi d'Espagne. In-4. Belle épr.

254 **Landry** (P.). 1663. R. P. M. Jérôme Ari, prieur général de l'ordre des Carmes, d'ap. Gribelin. In-fol. Très-belle épr.

255 — Charles de Bourbon, évêque de Soissons, d'ap. Lamiel. In-fol. Très-belle épr.

256 — 1663. Eustache de La Salle, correcteur à la Chambre des comptes, d'ap. Cl. Lefebvre. In-fol. Très belle épr.

257 — 1666. Guido Duval, président au parlement de Rouen, d'après Letellier. In-fol. Épreuve superbe.

258 — 1664. George Joli, président au parlement de Bourgogne, d'ap. H. Faulx. In-fol. Très-belle épreuve.

259 — 1666. Guillaume Le Roux, évêque d'Acqs ou Dax, d'après J. Dieu. In-fol. Très-belle ép.

260 — R. P. M. Paulus Luchinus, prieur général de l'ordre des Hermites de Saint-Augustin. Petit in-fol. Très-belle épr.

261 — 1665. Gilbert de Reny d'Arbouse, évêque de Clermont, d'après Jacquart. In-fol. Très-belle épreuve.

262 — Louis de la Rivière, évêque de Langres, d'ap. Champaigne. In-fol. Très-belle ép.

263 — 1665. Charles de Rosmadec, episcopus venetensis, d'ap. Gribelin. In-fol. Très-belle épr.

264 — 1664. Alex. Sallet, conseiller au parlement de Normandie. In-fol. Très-belle épr.

265 **Langlois**. Le R. P. Placide de Sainte-Hélène, géographe, d'ap. Élisabeth Gautier, 1715. Petit in-fol. Très-belle épreuve.

266 **Larmessin** (N. de). Charles-Henri de Lorraine, prince de Vaudemont, d'ap. Ranc ; in-fol. Vicomte de Turenne, d'ap. Meissonnier. In-4. 2 pièces.

267 **Lasne** (Michel). Louis de Bourbon, duc d'Enghien, enfant. Joli port. in-4. Belle épreuve.

268 — 1644. Pierre Corneille, charmant portrait in-8. Très-belle épreuve.

269 — Michel Ferrand, conseiller du roi au parlement de Paris. Petit in-fol. Très-belle épreuve.

270 — Gaston de Foix, en pied. In-fol. Très-belle épreuve.

271 — Jean-Louis de la Valette, duc d'Épernon. In-fol. Très-belle épreuve.

272 — 1645. Henri de Maupas du Tour, évêque du Puy. In-fol. Très-belle épreuve.

273 — Nicolas de Neuville, seigneur de Villeroy. Joli petit portrait in-8. Très-belle épreuve.

274 — Le cardinal Richelieu, en pied, tourné vers la droite, mettant la main sur un livre ; — le même personnage, en pied, tourné vers la gauche, tenant un aigle et un lion enchaînés ; par un *anonyme*. 2 portraits in-fol.

275 — Pierre Séguier. 2 port. différents. Petit in-fol. Belles épreuves.

276 **Lebas**. Grandval, célèbre comédien, d'après Lancret. In-fol. Belle épreuve.

277 **Lebeau**. Mme la marquise de Pompadour en chasseresse, d'ap. Queverdo. In-4. Belle épr.

278 **Leblond** (Chez JEAN). Comte d'Harcourt, dans
un médaillon ovale ; au-dessous écusson armorié,
à chaque côté duquel se trouve une figure allégorique, dans le haut, deux Amours tenant une couronne de lauriers au-dessus de la tête du personnage. Beau portr., in-fol. *Rare* Très-belle épr.

279 **Lenfant**. Ét. Baudrand, substitut de la cour des
Aides de Paris, d'ap. Dieu. In-fol. Très-belle épr.

280 — 1656. Claude de la Benichère de la Corbière,
abbé de Notre-Dame de Valence et chanoine de
Paris. In-fol. Très-belle épr.

281 — 1660. Daillon du Lude. In-fol. Très-belle épr.

282 — 1559. Jacques Gallard, président de l'élection
d'Abbeville. In-fol. Belle épr.

283 — 1664. François de Harlay, archevêque de
Rouen, d'ap. Champaigne. In-fol. Très-belle épr.

284 — Henri de Laval de Bois-Dauphin, évêque de
la Rochelle. In-fol. Très-belle épr.

285 — 1661. Léonor de Malignon, évêque de Lisieux,
d'ap. Dieu. In-fol. Très-belle épr.

286 — 1661. François-Théodore de Nesmond, président au parlement de Paris, d'ap. Dieu. In-fol.
Belle épr.

287 — 1663. André de Pajot, premier président en la
cour des Monnaies. In-fol. Très-belle épr.

288 — 1663. Guido de Seve de Rochechouart, abbé
de Saint-Michel, d'ap. Dieu. In-fol. Epr. superbe.

289 **Lepautre** (P.). 1684. Louis XIV assis, en costume romain. Il est tourné vers la gauche. Petit
in-fol. Très-belle épr.

290 **Leu** (Thomas de). Henriette de Balzac, d'après Quesnel. Joli petit portr., in-8. Belle épr.

291 — Louis Servin, avocat général au parlement de Paris. In-8 Première et sup. épr., avant la lettre, dans la marge du haut. *Rare en cet état.*

292 — Henri de Lorraine, duc de Guise. Comte de Chaligny. Charles de Lorraine, duc de Guise. Duc de Mayenne. La princesse de Lorraine. Henri IV. François de Bonne, seigneur de Lesdiguières. Charles de Gontaut de Biron. Anne, duc de Joyeuse. 9 portr., in-8. Epreuves faibles.

293 **Lombart** (P.). Jean-George de Caulet, président au parlement de Toulouse. Eugène-Maurice de Savoie, colonel général des Suisses, d'après Vaillant. In-fol. 2 pièces.

294 — Pierre Maissat, conseiller, secrétaire du roi, d'après C. Lefebvre. In-fol. Très-belle épr.

295 **Louis** (Aristide). Napoléon Ier, d'ap. Delaroche. Très-belle épr., avant la lettre. Papier de Chine.

296 **Louys** (J.). Louis XIII, roi de France, d'après Rubens, dans un ovale ornementé. In-fol. Epreuve superbe.

297 **Mariette**, *excudit.* Anne d'Autriche, reine de France, en costume de veuve. In-4. Belle épr.

298 — (De l'impression de). Cardinal Richelieu. In-8.

299 **Mariette** fils (A Paris, chez). Christine, reine de Suède, à cheval. In-fol. Très-belle épr.

300 **Masson** (Antoine). 1680. Louis, dauphin, fils de Louis XIV. R. D. 46. Gr. in-fol. Belle épr. du 2e état.

301 — 1683. Jean-Jacques de Mesmes, comte d'Avaux, président au parlement de Paris. R. D 52. In-fol. Très-belle épr. du 1er état.

302 — Gui Patin. R. D. 59. Belle épr. du 2e état, avant l'adresse.

303 **Matham** (J.). Van de Velde, célèbre calligraphe. Beau portr., in-4. Très-belle épr.

304 **Mechel** (Manière de) Charles-Louis, archiduc d'Autriche. Joli portr., en couleur. In-4.

305 **Mellan**. Anne d'Autriche. In-fol. Très-belle épr.

306 — Ronsart, poëte, avec le portrait de sa maîtresse en regard, chacun dans un médaillon ovale ornementé, sur la même feuille. In-4. Très-belle épreuve.

307 **Mondhare** (A Paris, chez). Mlle Colombe l'aînée de la Comédie-Italienne. In-4, en coul.

308 **Montcornet**, *excudit.* Louis XIV enfant, portant la couronne, tenant d'une main le sceptre, et de l'autre une rose; dans un médaillon ovale, dont le fond est fleurdelisé. In-fol. en haut. *Rare.* Très-belle épr.

309 — Mgr le duc d'Anjou à cheval. In-4. *Rare.* Très-belle épr.

310. **Montcornet** (B.) et **J. Sauvé**, *excuder.* Marie-Thérèse, reine ʾ⌐ France, femme de Louis XIV; dans un rond ⌐⌐ couronne. In-fol. majeur. *Rare.* B.
— Louis XIV. Même format. **Sauvé**, *excud.*

311 **Morace**. Angelica Kauffmann, d'ap. Reynolds. In-fol. Très-belle épr.

312 **Morghen.** 1773 (*apud Philippum*). Marie-Caroline, reine des Deux-Siciles. In-fol. Belle épr.

313 **Morin.** Jean-Pierre Camus, évêque de Bellay, d'ap. Ph. Champagne. R. D. 49. In-fol. Très-belle épr.

314 — F. Potier, marquis de Gesvres. R. D. 53. Belle épreuve.

315 — Grégoire Tarisse, supérieur général de la congrégation de Saint-Maur, d'après Donstan. R. D. 75. Belle pièce, in-fol. Très-belle épr.

316 **Nanteuil.** Anne d'Autriche. R. D. 22. 5e état. Gilles Ménage, n° 188. 1er état. 2 pièces.

317 — Emmanuel-Théodose de la Tour d'Auvergne, cardinal de Bouillon. Buste fort comme nature. R. D. 53. Gr. in-fol. Superbe épr. du 1er état.

318 — J. de Castelnau. R. D. 58.

319 — Bernard de Foix de la Valette, duc d'Épernon. R. D. 91. Très-belle épreuve du 2e état.

320 — César d'Estrées, cardinal. R. D. 92. In-fol. Très-belle épr.

321 — Gassendi. R. D. 101. 3e état. Hardouin de Perefixe de Beaumont, n° 213. Servien, évêque de Bayeux, n° 225. 3e état. 3 pièces.

322 — Mme du Gillier. R. D. 103. In-fol. Belle épr.

323 — Comte de Guebriant, maréchal de France. R. D. 104. In-fol. Très-belle épr. du 1er état.

324 — Jacques Le Coigneux, grand président au parlement de Paris. R. D. 125, d'ap. Beaubrun. In-fol. Très-belle épr.

325 — Michel Lemasle, chanoine de l'Eglise de Paris. R. D. 126. 2e état. — Le même, par Lenfant, 2 portraits in-fol.

326 — Michel Letellier, chancelier et garde-des-
sceaux, d'après Ph. Champaigne. R. D. 128. Petit
in-fol. Très-belle épr. du 2ᵉ état.

327 — Henri d'Orléans, duc de Longueville. R. R. 149.

328 — François de Nesmond, évêque de Bayeux.
R. D. 202. Très-belle épr. du 2ᵉ état.
Il y a de ce portrait deux états postérieurs.

329 George Scudéry. R. D. 221. 1ᵉʳ état.

330 — Claude Thevenin, chanoine de l'Eglise de
Paris. R. D. 231. 2ᵉ état. *Rare.*

331 — Vicomte de Turenne. R. D. 232.
Le défaut de marge empêche de constater l'état.
L'épreuve est belle.

332 **Natalis.** 1657. Jean, seigneur d'Allamont et de
Malandry. Joli portr., in-8. Belle épr.

333 — Emmanuel-Théodose de la Tour-d'Auvergne,
duc d'Albret, d'ap N. Mignard. Beau portr. In-
fol. Très-belle épr.

334 **Nattier** (d'après). Mᵐᵉ de *** en Flore, charmant portrait de femme, gravé par Voyez le jeune.
In-fol. Très-belle épr.

335 **Passe** (Crispin de). 1595. François de Bourbon,
prince de Condé. In-4 Très-belle épr.

336 — Charles de Bourbon, comte de Soissons. In-4.
Très-belle épr.

337 — Charles III, duc de Lorraine. Ovale in-4. Très-
belle épr.

338 — Illustrissimi marchionis Badensis uxor. Petit
in-4. Belle épr.

339 — Roger de Bellegarde, grand écuyer de France.
Antoine de Pluvinel. 2 pièces.

340 — 1598. René Laudonnière. In-8. Très-belle épr.

341 — **Patigny** (J.). 1662. François de Bonne, comte de Saulx, gouverneur du Dauphiné. In-fol. Très-belle épr.

342 — Jean-Baptiste Lhermite de Souliers, gentil homme ordinaire de la chambre du roi. In-4. *Rare*.

343 **Perier** (François). Simon Vouet, peintre. Beau portr. à l'eau-forte. In-fol.

344 **Pitau** Th. Bignon, maître des requêtes, d'après P. de Champaigne. In-fol. Belle épr.

345 — 1670. Pierre de Cambout de Coislin, évêque d'Orléans, d'après C. Lefebvre. In-fol. Très-belle épreuve.

346 — 1666. Gaspar de Daillon du Lude, évêque d'Albi, d'après Juste d'Egmont. In-fol. Très-belle épreuve.

347 — 1668. J. Favier du Boulay, maître des requêtes, d'après Ph. de Champaigne. In-fol. Très-belle épreuve.

348 — Hardouin de Péréfixe, archevêque de Paris, d'après N. Mignard. Alexandre Pitau, conseiller au parlement de Paris, d'après C. Lefebvre. 2 portr. in-fol. Très-belles épr.

349 — Corneille Lilly, historiographe, d'après Daret. In-fol. Belle épr.

350 — Denis Sanguin, évêque de Senlis, d'ap. C. Lefebvre. In-fol. Très-belle épr.

351 — 1664. Pierre Seguin, doyen de l'église Saint-Germain-l'Auxerrois, d'après Stresor. In-fol. Belle épreuve.

352 — M. Voysin, prévôt des marchands de Paris, d'après Mignard. In-fol. Belle épr.

353 **Plate-Montagne** (Nicolas de). Jean Dyel des Hameaux, président au grand conseil. R. D. 22.

354 **Poilly** (F.). Fabert, maréchal de France, d'après L. Ferdinand. In-fol. Très-belle épreuve.

355 — Nicolas Fouquet, d'après Lebrun. In-fol. Belle épr.

356 — A Lion. Philippe V, roi d'Espagne, à l'âge de 17 ans. Beau portrait, grand in-fol. Très-belle épr.

357 **Poilly** (N.). M. de Beauveau, évêque de Nantes. In-fol. Très-belle épr.

358 — Jean-Baptiste Morin, médecin, d'après A. Flamen. Petit in-fol. Belle épr.

359 — Henri-Jules de Bourbon, duc d'Enghien, fils du grand Condé, d'après Mignard. In-fol. Très-belle épr.

360 — Anne, duc de Noailles, pair de France, d'après V. Vaillant. In-fol. Très-belle épr.

361 — Vignerod, abbé de Richelieu. In-fol. Très-belle épr.

362 **Quiter** *pinxit, sculpsit et excudit.* Charles Colbert, chev.-marquis de Croissy ; le comte d'Estrades, maréchal de France. 2 portraits in-fol., à la manière noire.

363 **Rabel** (Jean). Charles-Quint, empereur. Beau portrait in-8, R. D. 42.

364 **Regnesson** (N.). 1655, Jacques Goussault, conseiller au parlement de Paris. In-fol Très-belle épr.

365 **Roullet** (Jacques-Louis), marquis de Beringhen, d'après P. Mignard. In-fol. Très-belle épr.

366 — Catherine Touchelée, femme d'Hilaire Clément, procureur au parlement, d'après Cotelle. Petit in-fol. Très-belle épr.

367 **Roussel**. 1640, François de Grenaille, seigneur de Châtounières, poëte et chansonnier. In-4. Très-belle épr.

368 **Rousselet.** Louis-Henri de Loménie, comte de Brienne, d'après Lebrun. In-8. Belle épr.

369 **Ryland**, duchesse de Richemond, d'après A. Kauffmann. In-fol. en couleur.

370 **Sacchi** (L.). L'abbé Metastase, d'après Maitens. In-fol. Très-belle épr.

371 **Saint-Aubin** (Augustin de). Adrienne-Sophie, marquise de***. Charmant portrait. Petit in-fol.

372 **Sandrart** (J.). Christine, reine de Suède. Petit in-fol. Belle épr.

373 **Schmid** (A.). Jean Calas, marchand, *roué innocemment* à Toulouse, le 9 mars 1762. In-fol., à la manière noire. *Rare.*

374 **Schmidt** (G.-F.). Auguste III, roi de Pologne, et Marie-Josephe, reine de Pologne, d'après Louis de Silvestre. 2 portraits, grand in-fol.

375 — Quentin de La Tour, peintre, d'après lui-même. Il est accoudé sur l'appui d'une fenêtre. Beau portrait, in-fol.

376 **Schrœder.** Caroline-Amélie-Élisabeth, duchesse de Brunswick. In-fol., en couleur.

377 **Schule.** La malheureuse comtesse de La Motte, d'après Lavurette. In-4.

378 **Schuppen** (P. van). Charles-Maurice Letellier, archevêque, duc de Rheims, d'après P. Mignard. In-4. Très-belle épr.

379 **Schuster**. 1755. Augustin Dubuisson, peintre de fleurs du roi de Prusse. In-fol. à la manière noire. Très-belle épr.

380 **Sichem** (Christ. van). Paul Hochefelder, syndic de la république de Strasbourg. In-4. Belle épr.

381 — Ravaillac en pied; en haut à droite, médaillons de Henri IV, Marie de Médicis et Louis XIII.

382 **Silvestre** (Suzanne). Limague, banquier, d'après Van Dyck. In-4. Très-belle épr.

383 — Jean Nocret, peintre, d'après lui-même. Petit in-fol. Très-belle épr.

384 **Sompel** (P. van.) Gaston d'Orléans, frère de Louis XIII, d'après Van Dyck; dans un ovale, avec entourage ornementé. In-fol. Épreuve superbe.

385 **Surugue** (L.). Silvie, actrice célèbre du théâtre italien de Paris, d'après Latour. In-fol. Très-belle épreuve avant la lettre. *Rare en cet état.*

386 **Suyderhoef**. René Descartes, d'après Hals. 1re et superbe épr., avec *Goos excudit.*

387 **Tanjé**. Marie-Thérèse, impératrice, reine de Hongrie, d'après Schell. In-fol. Très-belle épr.

388 **Thomassin** (S.-H.). Cardinal Fleury, d'après Autreau; le même, par Roy, d'après Rigaud. 2 portraits, in-fol.

389 **Thomassin** (S.). Boucon, amateur des beaux-arts, d'après de Troy. Il est vu à mi-corps assis, vêtu d'une robe de chambre à brandebourg. Au bas, ces deux vers :

> L'étude fut toujours l'objet de mes désirs,
> Et ces trois arts faisaient mes uniques plaisirs.

Ce portrait, gravé à l'eau-forte par Thomassin, a été terminé au burin par Lepicié. In-fol. *Rare.* Très-belle épr.

390 — 1705. Louis XIV, roi de France, d'après Rigaud. Grand in-fol. Belle épr.

391 **Ulrich** (Henri). Élisabeth d'Autriche, femme de
Charles IX, roi de France. In-4. *Rare.* Belle épr.

392 **Valdor** (Jean). *Nancei fecit.* François II, duc de
Lorraine. In-8. *Rare.* Très-belle épr.

393 **Vallée.** Mme Pecoïl, d'après Rigaud ; elle tient
d'une main un œuillet et appuie l'autre main sur
l'épaule d'un nègre qui lui présente une corbeille
de fleurs. In-fol. Très-belle épr. avant toute lettre.
Rare en cet état.

394 **Vallet** (G.). 1665. Louis Guez, seigneur de Balzac. In-fol. Belle épr.

395 **Vangelisti.** Charles Gravier, comte de Ver-
gennes, d'après Callet. In-fol. Le même, grand
in-4, *à Paris*, chez Bligny. 2 pièces.

396 **Varin.** L'abbé Parchappe de Vinay, chanoine de
Rheims, d'après Leseure. Charmant portrait, in-4.
Très-belle épr.

397 **Verkolie** (N.). Auguste III, roi de Pologne ; au
bas, la bataille de Kalisch. Grand in-fol., à la manière noire.

398 **Vermeulen** (C.). Jean de Brunenc ; Boyer,
seigneur d'Aguilles ; Charles - Amédée Broglie,
comte de Revel, d'après Rigaud ; et Pierre-Vincent
Bertin, d'après Largillière. 4 portr. in-fol.

399 — Louis-Urbain-Lefevre de Caumartin , maître
des requêtes, d'après de Troy. In-fol. Épreuve
superbe.

400 **Vico** (Enéas). Jules III, pape. In-4. Belle épr.

401 **Vienot** (N.). Gaston d'Orléans, frère du roi Louis XIII; *G. Valet excudit, 1633.* Petit in-fol. *Rare.* Très-belle épreuve.

402 **Vischer** (*ex formis* Nicolas). Louis XIV et Marie-Thérèse, sa femme. In-fol. 2 pièces.

403 — Marie-Louise d'Orléans, reine d'Espagne. In-fol. Très-belle épr.

404 **Vorstermann** (Lucas). Claude Maugis, d'après Ph. de Champaigne. In-4. Belle épr.

405 **Vouillemont** (Séb.). 1637. Victoria de Rovere, épouse de Ferdinand. Charmant portrait, in-fol.

406 **Watson.** La marquise de Pompadour, d'après Boucher. Petit in-fol., à la manière noire. Très-belle épr.

407 **Wierix** (Antoine). Philippe II, roi d'Espagne. In-4. Très-belle épr.

408 **Wierix** (Jérôme). Michel de l'Hopital. In-8. Très-belle épr.

409 — Philippe-Emmanuel de Lorraine, duc de Mercœur. Grand in-4. Très-belle épr.

410 **Will.** Louis, dauphin de France, d'après Klein; Charles-Alexandre de Lorraine, d'après **M.** de Meytens. 2 pièces in-4. Belles épr.

411 **Woeriot** (P.). Gaspard Duiffoprugcar; il tient un compas, et l'on voit devant lui des instruments de musique. In-4, rogné autour de l'ovale. R. D. 284.

412 **Zucchi** (L.). Louis de Silvestre, peintre du roi de Pologne, d'après A. Pesne. In-fol. Très-belle épr.

413 — 1628. Le pape Urbain VIII et cardinaux. 66 portraits sur bois, coloriés. 1 vol. in-8.

DESSINS

414 **Boucher** (F.). Compositions d'enfants ; têtes de jeunes filles, etc. 9 dessins.

415 **Casanova**. Trompette à cheval sonnant au milieu d'une bataille. Un dessin colorié à plusieurs tons.

416 **Divers**. Buste de jeune fille, attribué à Baptiste Vanloo ; soldat et tambour, par Parrocel ; jeune seigneur vu de dos, étude de Van der Meulen ; soldat à cheval, par Casanova ; caricatures de Alexandre Ghezzi ; un scieur de bois. 8 dessins.

417 — Cartouches, époque Louis XV, en hauteur, sujet au milieu. 3 beaux dessins d'ornements coloriés à plusieurs tons.

418 — Cartouches, fontaine, autel, etc. 7 dessins d'ornements.

419 — 34 dessins, compositions, paysages, etc. *Ce numéro pourra être divisé.*

420 **Moreau** jeune. 1784. Composition à deux figures pour la tragédie de Jules César. Joli petit dessin lavé à la sépia.

421 **Watteau** (Antoine). Arabesques avec sujet au milieu. 4 dessins.

422 — Sous ce numéro seront vendues par lots les pièces non cataloguées.

Renou et Maulde, Imprimeurs de la Compagnie des Commissaires-Priseurs, 144, rue de Rivoli.   8291